海之月

陳依文詩集

目次

II・生

III·明月

IV・天涯共此時

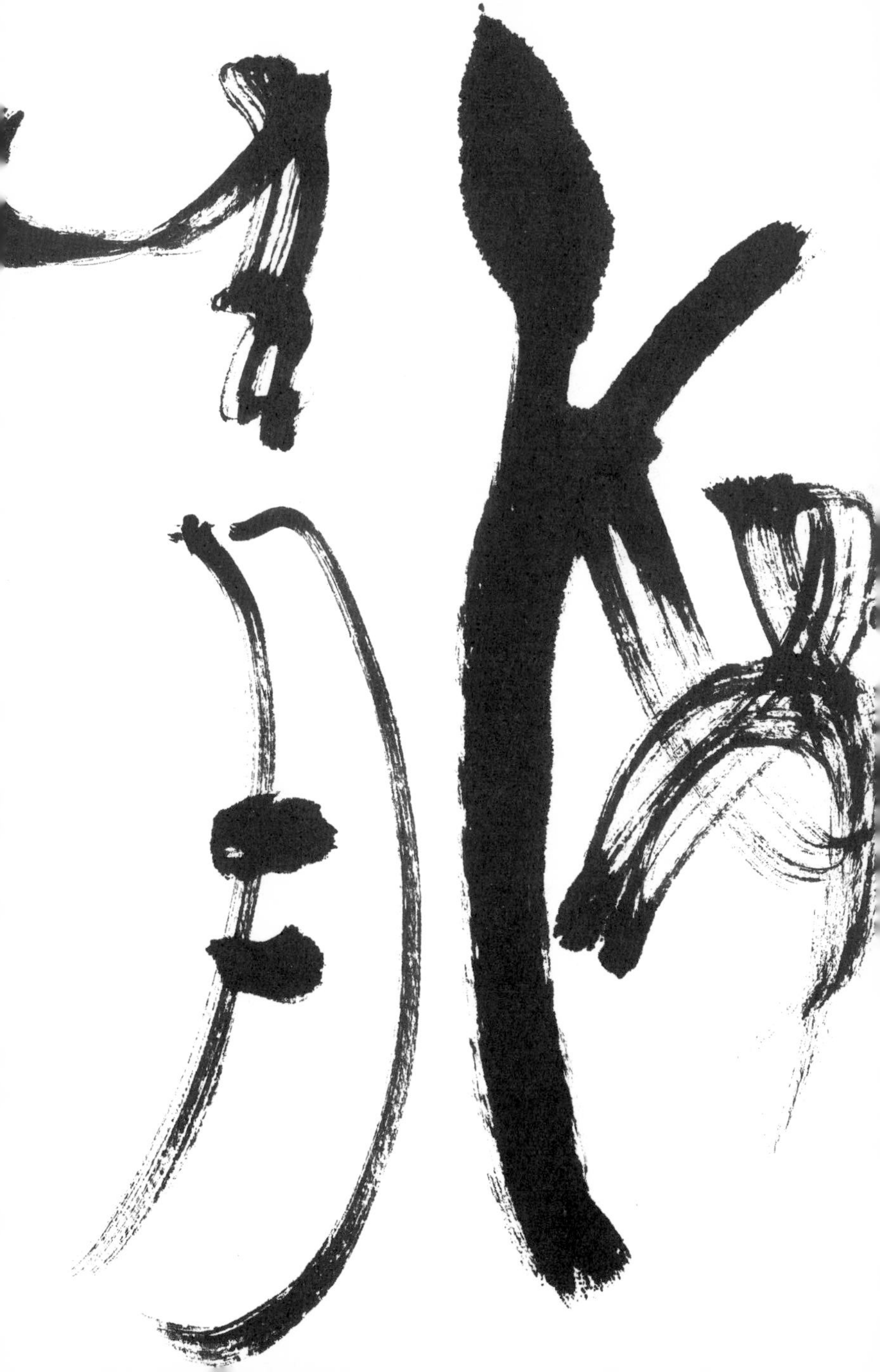

靈心遙接天河水

——陳依文詩集《海生月》序

方　瑜

「寫作與閱讀都是孤獨心靈和自己的對話。」而寫詩，比寫小說、散文、戲劇更孤獨。今日已不是以詩取士的年代，還會用心讀詩、品詩的人，絕對是小眾中的小眾。寫詩真像波特萊爾所說，是「孤單一人鍊自己的奇幻劍術。」不斷求全自苦，却苦在其中，樂亦在其中。

無論用哪一種文字寫作，詩，都需要最精鍊的工夫，可是，完成之後，知音往往寥落，投資與報酬更完全不成比例。耗費如許推敲琢磨的苦功，却未必成篇，難怪葉慈會出憤激之言：有這種時間，還不如去擦洗廚房地板呢！

一旦走出校園，紫陌紅塵撲面而來，謀計衣食之餘，還能年年月月繼續寫詩，實屬鳳毛麟角，依文就是這麟鳳之屬。

這是她的第二本詩集，收錄2006–2011年間的作品，大約百首有餘，不能算多，然而，詩，如何能以量計？好詩尤其不可強求而得。依文說她常是先有一兩句詩行浮現，然後再寫成全篇，頗類長吉的創作模式。詩集名《海生月》，全書章節題名，也都出自張九齡〈望月遠懷〉中之名句。由此似已悄然流露作者之偏好，海、月、天涯，突顯空間與時間的主題，時間、宇宙、洪荒創始、日月晦明、山川晴雨、星辰之生滅，一一俱現筆下，詩集前三部份，分別以「海上」、「生」、「明月」為標題，而偏以「天涯共此時」一句為第四部份之名，開啟的是人間情緣的書寫，情愛、魂魄、眠夢、生死、相聚、別離。依文擅以鮮明靈動的喻象，將時空悠邈與人世情愛在瞬間連結相融，毫無扞格。例如詩集中最後一首長詩〈凌晨〉，就以創世洪荒為基，水火風月為喻，寫貫穿前世、今生、來世不渝之情，氣勢雄渾，決非「昵昵兒女語」，句句行行宛如百器合奏的交響樂章，時而鏜鎝，時而鏗鍧，忽壯美如星辰之燦然生滅，忽又纖密如春雨之溫柔翻飛。讀來處處驚喜。依文正值華年，弱質纖纖，如此長篇却能操控自如，不見斧痕。另外幾首長詩，如〈邊境〉、〈世途〉，均入目難忘。〈世途〉全詩，以人生之路為喻，情人之聚散離合穿連全篇，意象豐繁，前後呼應，結構精嚴，自成律度，例如：

「再回頭時
寂寥處，向晚獨亮的容顏依舊
髣髣鬏鬏，看不清楚
歲末錯時的一場花開
愈是幸福，愈是無名地張皇

肅殺的秋聲愈冷愈戚，愈晚愈急
旦夕相逢原是場不計代價的賭
夜暮裡，為贖一雙霜繁緊重的眉
一擲千金又何曾有半點難色
靈犀在待曉的中宵剎然相通時
晚樓窗外，濺濺如瀑的大雪也曾幾度
倒著飛吹
氾濫成災」

「是非榮辱都是別人的事了
自東的理路絲色清豔
來時舊事，半生的展線緣徑分明
繞指成柔

如一綹新打的繐，嚴雅端正
將你我一度綰結不了的心事
編理成玉
在漿洗成白的舊衣襬邊
微叩起流年玲玲的迴音
行止隨在
環珮叮噹」

「寒光畢竟鑑亮了多雲翳的晚路
當歲月變得悠悠忽忽
轉轉瞬瞬
揚塵漫作伏土

嶔崎鑿成磊落
點燈的手不再顫抖
後知後覺的日子
終於還是懂了
愛極時能允斷折
豁朗時容得失意
漂泊只為在決絕中學得
不可理喻的堅毅溫柔

這一次啟程，要趁白晝
雨兼著風，水氣變著陽光
再把起身的手搭起來吧
前程還那麼遠，又彷彿已多近

我們踽踽而行的
雖非世途
卻是走回心中唯一的路」

作者寫作之前的所學所思，所經所感，全成為醞釀詩行的土壤，依文中文系的背景，她對情感的態度：在相遇之際，身心無悔、沒頂投入；在不得不離散之後，痛徹入骨，終能有悟。這種能入能出的特殊稟賦，正是創作的沃土。這摘引的片段，可略窺一斑。

其實，現代詩這種文類，尤其是近兩百行的長篇，不易摘錄，背誦也難。一旦擷取引摘，不但拆散了作者用心營築的架構，更破壞了全篇流轉自如的氣韻和頓挫抑揚的節奏，最好還是要賞其完璧。摘錄舉例，真是不得已。現代詩因無規範定式，詩行長短、節奏、韻律，全憑自主，別無依傍，

《海生月》已得其中三昧，依文鑄劍初成，只需更求粹鍊，以臻「無鋒」。

《海生月》中，一些短篇，大致不逾十行，往往整首詩就是一個完整的象喻，以詩題明點，如〈寶藏〉、〈鑄模〉、〈水田〉、〈容器〉、〈時間〉、〈神〉、〈意圖〉等，精緻圓熟，渾然天成，宛如詠物的五七絕句。除了卷頭詩〈有所歸〉流露的深沈祈願之外，〈時日〉這首短短的小品，彷彿依文自述不能自己的創作之路：

關於變化，關於推移
關於日月生蝕和板塊移動
與及火燄的溫度、鑄劍的成敗
賭徒的性格與狂醉與痛醒
乃至生，乃至死

乃至一枚水滴的濺落與破散——
在深深深夜的早春前
我靜靜聽著木星的足音
樂觀其成得
像朵等待朝陽的雪花

也許所有堅持寫詩，終不棄筆的人，都要有這種生死不顧的決然無悔。

不悔的是詩人，受益的當然是能讀到好詩的讀者。多年前，一位西方文評家，訪問日本九十高齡的作家井伏鱒二後，寫了一篇短文〈荻窪的井伏〉，其中一個比喻，經久難忘，大意是說：在這世上，已很難找到水質清淨、澄潔的泉水，一旦找到，掬水而飲，就可以清楚體會自然與人世的美。認識這位作家，接觸他的作品，就像觸及了這樣的泉水。

讀依文的詩，也像掬飲了澄澈芳醇的水，俗塵盡洗。這水源自她的慧黠靈心，願她長保此心，不要停止書寫。

2013.10.16

我高興，在沈思裡認出你

陳樂融

看陳依文的詩，像宮妃自沙漠高丘緩緩逼近。盛妝卻羞怯，寂寞卻英氣，在夕照下輝煌魔幻的不合時宜。

說魔幻，不在主題，在情韻。類似她自語「於此世界流麗淋漓」，或者，「往自己的內心去盜火」。

有段時間，喜歡她的小詩勝過長篇，警句勝全詩，流連文字之美但不到意念之美，觸動於真切的傷情，卻不免微微驚悚於陰性能量的頑執。

這本《海生月》輯錄的新作，卻洩漏她出於古典復脫出古典、出於情卻靜觀不情的甘醇境界。

儘管「我們的執著不改不遷，捨棄的人事不悔不顧」，但終究帶給作者與讀者全新的、「一半可預測，一半不可」的了然。

認識她的人，爽朗利索的感覺與詩不同，但又確信如此詩家可以造如此之境，可喚如許之魂。《海生月》書名固寓含唐詩的美好傳承與西洋占星學海王與月亮合相的豐沛浪漫，但全書跨越十年的各色作品，也能看出詩人在柔美纖細之外，期許「暖如日，渾厚如地」的不斷踐履。

依文，「我高興，在沈思裡認出你」。

有所歸

願那些
在愛中受傷的
終能
在愛中自由

像雪花得到飛
岩礫遠遊到沙灘
千辛萬苦，鐵皮人
得到了心

願那些
向命運抗爭的
終能
在憐憫中和解

像浪子回到家
黑夜升起火
日月星辰
在萬有的引力中靜靜旋轉

I・海上

雪花的秘密

花如百日紅則不美
雨無千日旱則不甘
山不高，雲不歸
月若不曉圓缺
潮汐便不知據何心跳

夜不沉，滿空的星星不閃
水不頓挫，瀑布的髮長不梳
海岸線不破碎
遠歸的帆船望不見千堆雪

酒不醉，不能盡興
路不遠，不能景長
候鳥若不見他鄉信美
如何念故土嚴酷芬芳？
問聚首，莫過離人
春臨時，平安的秘密
只有溶化的雪花知道

不憂失，方不懼得
安於亡，始樂於生
情到深處
先覺得是寂寞
後來，便再也不覺得了

石器

如果我的話語
能在你的靈魂上鑿開一個洞
那麼，光
就透得進去了。

分水

人寄於世
如一道委婉的水
匯隨於木石崖壁
敲敲繞繞、唱唱停停
試響各種姿態的泉音，且居且走
繫持於流變不器之間
迂迴倒懸
求一首玲琅自在的歌

有時久旱，有時暴漲
有時靜默，有時怒起

有時滴水穿岩、遲遲欲絕
憑恃一股魂引的衝動
漫行至人界角落，遷延過新舊年月
漸漸醒覺之後，總要
從涓細奔向洶湧
窄峭俯向寬廣

如一式禪機的問答走到純熟
靜能晶明，動可滄浪
每一脈水的心中
都臨想著天懸銀河的旋轉
每一滴雨的眼底
都秉照成珍瓏世界的縮影

還記得前身，遠塵
煙氣到雲水，輕盈至蕩漾
微小不斷的形神轉換，時時映現、
常自惦想：夢想水月之外，浩瀚蒼穹
宇宙是只漆黑打磨的鏡
軸心飛寄了縹緲思念
風眼之上、之右
無盡形式傾盆倒出
清涼消息不絕注下
內外水聲一應而齊，涯海平時
情命相通，繁星漫漫，乍驚醒
也頓成江湧之勢

渠有清濁，心有紆舒
靈魂本是不沾不帶
質本潔來，還將潔去
以流風為伴，崎嶇為侶
洋海為歸，天空為鄉
不就亦不趨，無想亦無色
我的人生
是一條自成旋律
自落高低的河

臉

怎能忘得了呢
如果初見，妳的臉
就像千百朵蓮花之中
猛然艷美起的那朵

美人草

曾有那樣急切的心情
下一刻
像株虞美人草般鮮紅地死去
掠起的訣別不入輪迴

不枉年少，只要悽悽豔豔的一趟
如果來生，如果黃泉
這定是我們最後一次
隔雨相望

流連

如果回憶是條琴弦
能不能拿來繡
滾滾紅塵、壓金穿銀
滿幅聚散團圓的故事

他年，銹得禁不住等待了
臨窗一撫
仍是昔時路上
不知人間
三月春雨低微的音色

樂園

乘上星星搭成的旋轉木馬
連呼吸都璀璨了
這銀色的，屏息的，冰涼的返顧

一前一後，儘繞著思戀的中心迴轉……

而我們的距離一如詛咒
不曾捉近，不曾略遠
無法觸及、無法脫離
永續，是殘酷美麗的高低起落

寶藏

藏在時間與心的隧道
曲折，陰暗的迷宮洞穴
遭現實橫奪縱切
少時的夢想
是一壁水晶的斷面
凝色流輝，似無數紫的星星
鑿露著，神秘亮麗……

那年，同永恆談判後，我們放棄開採權
允許了遺憾與美

雨衣

在那個
夢境發著高燒的夜晚
舊地重遊，縮小的
掌心，忽又握著你的手；
細小、稚嫩，鐫寫的命運還未讓誰看過——
手牽手、趁孩提，天未暗風未老
走入施工未遂
長長的廢棄隧道

那時，我們的眼神還很精緻
興奮很立體、恐懼太鮮明

想像和希望
都似會動的錫兵栩栩如生

記憶的流星雨忽爾
降注打下
雕花鈕扣、殘舊玩偶，漂遠而支離的紙船
泡沫迴旋著，水花綻開
一朵依循一朵，遲遲，
復急急地流入暗溝——
那時，我們的信任都很真實：相信
排隊很好，人人平等
倒塌的城堡可以重蓋
誤會終將和解、秘密總能分享
捉迷藏時，躲起來的夥伴從不會

無聲無息、就此離開

像捉著
一放手就會飛走的婚禮氣球
鮮豔的感覺不太踏實
銀亮色的笑語，回聲
在漏水的隧道盡頭迴盪
不敢被羨慕，又不敢
被憐憫的
成年，小心翼翼
沿地基外露的童年泥濘
一一經過
半為訪舊，半似逃亡

回憶的流星雨滂沱嘩然
我們為了
感受那觸感，卻不致全身冰冷
只好默默
穿著凍色的雨衣走過

白日

白日裡，我在白色的玻璃屋中，
在白色藤椅讀著白色的詩

白色的房子
白色的天窗
白色的樹林
白色的鳥，白色的牡丹
白色小徑與白色的落葉
手臂上積了雪
我們的意識發生一角
小小的，白色的坍方

於是你睜開黑色眼睛，放大黑色的夢，一舉
掀開了漆黑的深邃的宇宙。

籤

終於懂得了奈何的癡迷
清宵細細，卻管在豆黃燈下說別離
像首詩
折進頁裡
便密密壓成幾年的躑躅

摺紙

那透明的不安
似玻璃紙折的一枚斜角桃花
淨豔酡紅，忽然靠近又
倏爾翻離的
愛染

對點疊合憧憬，
日月浸染陰影。角和角
心與心間
距離的摺痕纖細曲折
我是武陵人忘路之遠近

你迷誤的樣子
讓我連魏晉都忘了

皮囊

是否非要
同一塊質料裁成
既厚且密
高閣裏精緻憂傷的靈魂
一為裡
一為外
同裂同車，共補共縫
貼夾反背
對色表襯
才披裹得了
你我堅韌，織繭

傷痕累累
黑底壓紅刻絲的心臟

鑄模

我們的感情
冰冷得很燙手
像承著火的鐵
接不住，也放不下
唯有熔處
漸漸地流動起來
隱隱的、穩穩的
這沉著，緩慢而堅定的牽扯
何處可用呢
倒行不得，逆施不得
就日日夜夜

敲打著治不完的心罷
清狂能抵惆悵
憂傷適可終老
而我們的一生作為容器
不太多，不太少
試合一路炎冷的度量
不過剛剛好
而已。

太陽

我不願感覺
這輪廓清晰的冬天
那麼晴，又那麼冷
似我們背轉身
默默，在一世界的明亮中
暗自起誓
那早晨

兩顆纖毫畢露的心
是水盆中冰結的太陽

亟欲溫暖對方
卻化解不了自身的凍寒

蜻蜓

下午，陽光晶明
一隻通體成紅的蜻蜓，來院裡
徘徊半晌，又飛走了

片時，牠停在千染楓的舊枝
亭亭簇簇，偌多新芽
正好
歆向最尖嫩、細巧
華美纖秀，掌若紅酥的一枚

如我們，偶然照面

不意裡，介入彼此陌路
撞跌進一方角落，懵懂間，猛一張探
竟也摘取去
重重機關、千思萬想
嚴藏密守裡
最妍媚，鮮紅
至關緊要的那一瓣心

留得

是夜，又到相對無語的時刻
耳墜上，紅玉寂寂一閃
忽然明白晚唐的落寞
你的眼色似首缺句詞
說有多濃豔，就有多遺恨

只是靜靜省起了當年
輕纖得一如蟬翼
攤也不是，折也不得
我們手植下
暗褐，精緻而殘破的愛情

那一塘微雨的枯荷
我再不曾向誰說過

時之放浪者

冬

如果人世的流放只為你一句再見
該如何阻止，如何等待

總聽見寒地裡篝火熄滅的聲響
復次泉音玲琅、天水迴環。
日更深了，命運的消息送著
年歲的腳步暗響——
當路漸迢遙，人世寂寂
髮更長而心愈老時

又如何無視
冬夜裡蒼穹群星的回歸呢

夢中，我立在清冷崖上
望眼是萬古洪荒
回首是遠遠的紅塵
如何走、如何不走；
怎麼想起，怎麼不想起
多少浮沉苦惱的心事，多少眼色
多少張狂、笑語，凡俗裡
先始鑲金描紅，終爾風塵僕僕的心願

駝鈴隱隱約約
水聲時湧時歇

夢醒，小旅舍的矮簷已積多時雪
我獨坐待旦的窗外
一夜風霜緊

春

藏在葉裡的鶯鳥願小小地歌唱
清清細細，宛宛曲曲
催我歡喜，催我憂
催我早早窺透生限裡星火倉促的因緣
但我不愛聽這一一解明的原委

若我的降生原只為你脫口的一句再見

祇看白雪的飛瀑已掛滿青山
紛融的春泉，要從何習得斷句？
海洋懂不懂寬限
大山懂不懂釋懷
亭臺外陰了又晴、晴了又陰
暮雨行雲，一夕即去的
雲霧如何向岩石分辯？

你是雪地，我是走了的冬天
你變楊柳，我是僅臨一夜的春雨
我實在深愛，又確然無情

夏

是你最愛的季節，我不忍讀

秋

是你生日的月份，我不寫詩

淤痕

那至今
仍隱隱作痛的
是時間，在我們手足上留下的
紫黑銹痕

垂視

你看，那些四處滿溢
深深的，淡淡的
橫行衍伸
黑暗的形狀啊

抬不起臉時，儘管垂頭吧
影子
是為了讓我們捕捉光

棄留

一份走投無路的愛
如何委託

不如
交給雪花的六簇
張著無名的快樂，角與邊
精緻地墜跌，不斷旋轉

還是
託給風揚的粉塵
千里遙去，六合八荒

散逸在蒼茫天際
處處皆無，處處皆是

或者仍舊交還予你吧
雖然明知
我倆心中
所有的挪騰都損傷
所有的去處都希微

火種

夜如此長，風如此冷
不漏光的世界大雪紛飛

不甘退縮，倔強地
在命運半途抖索的人呀
專注於未完成的輝煌吧
我們注定
往自己的內心去盜火

肺腑

我想，或許需要
偶爾地，掏自肺腑
似嬰孩那樣不明白地痛哭
牽心扯腹
像把命運輪上的絲線絞盡

啊，親愛的；這是一種幸運
如果生的缺口被無預警敲開
在不自覺的高音與滿蓄之間
任弦繃斷、水決堤
將靈魂交予痛苦，像生鐵接受火的治療

此後，遂有機會
如柄新鑄的鋼劍
純淨、強韌
足以斬開下一個悵然若失的明天

陰天

來，讓我們攜手
在空曠的河堤坐下
細細地看
這雲層厚重、紋理斐然的陰天

然後明白
寂寞堪耐的時候，荒涼
也不失為一種堅忍的風景

翡翠

你要離開了
我的心
像一座年輕的森林迎待冬天
肅穆一點，憂歡一點
惦存起適量好奇與耐性
點著疏涼空枝
等著往寥落的天空貼霜花

你要回來了
我盼望
忍冬的枝藤還秀美

所有落葉植物的新芽都結綵
溫柔明淨，像小燈
每一掌從脈底亮起的葉，透出光
是朵朵翠綠招展的玉絲帶

幸運繩

緣份如一對半舊的線
一條寶藍
一條灰紫
密編成圈圈，結結
穿聚了我們半生

我把年少的思念繞在手腕
段段是耐磨的願
久久牢牢
將平安的祈盼都守長

家常

有一些
重複的對話令人心安，例如
颱風動態、晚餐菜色
待籌備的旅行計畫
行程，工作
晨昏定省的幾種問候

這些親愛，冗沓的模式
像打在海岸的浪
相似形貌，不同砂水
進退來去、反覆沖拍

微妙的變與不變；如潮汐
總說著稀釋過後
習習海風，淡淡鹽味的話

我們問著每個日子的前進
追踩那些溫柔細碎的光影
老類似的場景，老類似的話題
像沙灘吸納潮水推逐泛流的絮語：
氣候、海象，水產是否豐收
港口船隻多少，燈塔今夜
有沒有從軟黑的海面準時
遙遙，朝三點鐘方向點亮

言語也似小小的潮水

定時沉默，定時氾濫
提醒了幾點出門，幾點回家
如一組迎接晚風，清潤響起的木風鈴
讓我們聽見
幸福是如此平凡，瑣碎復白話

遠道

我想告訴你
一個雲起的天氣
銀色的小河是媚的
白楊道籠著夕陽的流蘇
水彩的天空溶溶地
枝條的倒影有針織的溫柔

我想告訴你
家鄉的山坡已學會金黃色的暖和
濕漉的雨天滲進了柚子香氣
枯萎的園子今年豐收了

纍纍果實，盈熟得比記憶還要美麗

帶走了星辰的人啊
總在舟之外，橋之外
阡陌之外萬水千山之外
屆時，悲歡都回歸南方的緯度
我唯有在天涼風寒時念起你了
念你，夜深如水，居常起臥是否披衣
案前的神情是否沉彩
仰頸時，注滿斗室的小燈
是否仍清圓如絲，一壁熒然

今年的月很暈而
酒釀很甜

我很想告訴你，萬萬
記取一份遠道的諧安
繁點的漁火依舊如夢
港灣的晚空還是淡紅
天涯的風沙雖揚，蹈遍之後
塵渦終因我們的步履而平

我想告訴你
讓感傷重於垂睫，輕於問候
讓小雪的節氣在胸懷醞成初晴
讓歲月各自擾蕩，福緣亦自多求
讓我們許在
多年後筵席的一角重逢

歷經世故的我們
依舊寒暄，微笑
諒解這不語的人世仍是沉默的明亮

Ⅱ・生

橡實

願我們，回家時
仍能像歷雪經冬，隔年新結的橡實一般
堅緻光亮，深信
自己的命運獨一無二

螢火蟲

借點光吧
漆黑夜裡，清冷的沉默的河堤
廢棄的世界裡
順應我的召喚
從回憶中，單單
飛出了一點
匆忙遺落的螢火蟲

小繞之後，它
寂寂停上我的肩頭
像雪夜最後一根火柴

劃亮，劃亮……
然後熄滅

樓梯

我踏著夜色，上樓
梯間疊著黑
暗不見光
微雪在胸口流蕩

拾級是一階一階的年歲
我扶這冷，慢慢檢數——
鏽得愈嚴重的：是心弦，還是欄杆？

我一會，卻答不上來

日照斜了
生命的影子
淡淡地被拉長
伸著，伸著……
搭到了門檻的邊緣。

向門後去

郊

1

大熱天裡，轉出傘
就能像蒲公英一樣高飛

2

思想的蜂群
一擁而上
如潮散去

螫腫
不諳野性的瘦靈魂

3

土色的心
窩養著勤笨的地鼠
碌碌，默默
長出一片
修長亮麗的甘蔗田

框架

我的規矩
本為一精工彩繪的玻璃球
於今打碎，才得自由

從此世界流麗淋漓

無依

那天，站在你面前時候
我覺得既安全，又無依
如落花，如一句誦了許久卻忽然忘記的詩
如倒影在夢的溫泉怯寒著
著落了又不知所措
像一片打旋的葉子落在水面上

索

如果沒有
愛得深邃的天份
意圖，與機緣
我們
就不會遇見了

不偏不倚
只要是真性鍾情，時空裡
盲目命運，萬千鋼索
仍會走向
有你在的一條

我不失足，也不錯認
無盡流轉的彼岸人間
一線危渡
獨屬心之生滅的
高燒與清涼

一夜

我在夢中一直聽到
雨落的聲音
因而總是擔心
那開滿茶花的小路
要泥濘了、要深遠了
要在天晚時分
變得曲折晦澀
窒礙難行了

那覆蓋世界的雨聲
竟如此淡然啊

是你遲到
或是我失約呢？
我在夢中
遂真真切切地憂慮著

寢寐

夢醒時，我覺得自己像是
唱累了歌
任海潮推到礁緣
浸著半身，在岩石與海水間
斜攀橫倚的
一名女妖

看膩了海天，起霧
看膩了星星點點的遠船漁火
便側著臉
把頷埋在臂彎間

考慮要將濕髮上的紅珊瑚
拋給上升的哪一個星座

倒

昨晚夢中
雪花倒過來，寫滿天空
瀑布倒沖著，掀舉成噴泉
時光也逆反了
人們走在溯往追昔的河谷
先學會遺忘，纔學會記得

……然後我想
也許向來都弄錯了
默契在秩序之前、
流浪早於鄉

像豆的圓滿先於豆莢
思念先於存在
愛原本就該
先於需要

於是
圖騰想起旋律，十想起一
聲音記起光、電記起磁
時鐘壞了，世界塌了
星星都該回家了
一路上，紅移藍偏，黑洞翻白
宇宙不再黑暗
太陽的風暴顯得很溫柔

我也必須走了
夢的隧道打開，心變銀色
鞋子輕盈、重力也消失
網絡的可能暫時無限，趁醒前
趕著去看你的緣故

前來

當你踏著軟如雪花的步伐走來
輕盈得像光
喜悅得如溪泉
我知道我就在世界的中心了

彩虹繡線的橋，向四面八方飛展
風眼增生，旋轉；飄浮的岩片下
文明放射著，錯落堆積
叢叢疊疊、巍峨萬國
記憶浮光掠影……

當你前來
從天堂，由思念與夢境跨出一步
我們再履的約定
鉅細靡遺

伸出手的時候，
我的心
由你凝視的那一角開始
變得透明。

曼珠沙華

我原本
已長久不想念了
那些莽撞與翼翼，那些
由我們黑暗之心的日冕迸發
歌哭無端，顛倒夢想
陰鬱、暴烈又纖毫敏銳的風線；
那些傾前、伸手，等待的姿態
坡道轉角的燈海，笑意；以及
約在春末的闌珊裡
相看之前亮麗的希望。

我原本
已不打算再見你了

直到這夜，在忘川
當我倦數那些打轉底快慢的流水
一回頭，驚灼於掀明在眼前這
火照之路

唉乍然，乍然我在風搖水顫裡重新愛過、
誓過；重新不及過儼然過奔赴過忘我過——
燎燎地
你俯身的耳語驀然在暗中豔起

渡過河岸的時候
想見你的願望
如一束冶紅的花焰燁然開散。

銀樹

我坐在夜裡
開始化成一棵銀白的樹

我的軀體化成樹幹
血脈變成導管
盤腿成根
雙手向上開展，伸作枝椏
眉髮舒散成繁葉
緩緩，細細而後
深廣悠遠地展開
一切都泛著清明，燦爛的光

朦朧得像則太初的神話

我呼吸得像棵樹
思考得像棵樹
觀看得像棵樹
回應得像棵樹
無意有意，皆在身外
細緻篩映的銀光濃淡深淺
世界的泥土在深根處隱隱翻攪
不動的風是透明的

心極淡，又極深
靈魂慢慢退化得很古老了
打洪荒，及洪荒之外……

我開始做著地球的夢。

在我醒而
反身為人之前
從樹的靈魂裡
我的意識中心，化成一隻皎亮的鳥
由頂上
展開銀燦的雙翼
向你而去

扳機

星辰發動時，
我們準確地相戀

淺色的夢輕輕地
鋪成向你而去的流路
上織虹光，下紡雲汐
玲瓏鵲翅敲引出細碎的玉片聲

你來了，我來了
還是那樣緣份自連地
驚喜相逢

清切而融洽
熟稔又新奇
在擎著光的枝椏下
悄然收步
相看儼然

前半段生命如幕如遮
後半部來日似期似待
星辰相會時
我們準確地尋到

樹苗

我們偶然遇見
便使一切改定

星星化成塵粉
樹苗結出極光

在那消融一切界限的夢境裡，你來
只叫醒一朵花
整個宇宙便春天了

箏

我一點也不
心急。一點也
不感覺牽掛的必要

若我想起你
心的四角驀然收緊
思念滿漲，夜雨秋池。漫橫的
水路，自然會
將我流向你在的地方
像風的高張，帆的盈送
雲絮不憂起亂，五湖不愁四海

江水一回頭就載走荷葉
身在情在，不問天涯

若我不想念
代表你一定
埋首忙碌，多方闖路
誰要作絆腳的線呢？你的無忌與
飛揚。不用線也不要索
拉執又拉執，再三忍心、
二度鬆手：鳶飛魚躍
我們纏纏繞繞的
緣份。不繫雨點，不住風影
頓挫後，早已自在得如流水
宛轉得成清淺

我一點也不心急，一點也不
憂煩。既然我們平生的素昧
只一逢，已飄徧生生彩帶
寫滿世世白雲；而脫手
已換成了碧落、星彩，
九千里外萬古的雲霄……

水田

我想起
不諳耕作的青春，曾經
沿著金黃色的小路
與你相遇

那時，雷雨暴取著夏日
天空傾斜，倒出一把把水
空氣甜美狂亂
泥土芬芳，世界
在動搖中變得鮮烈

水汪汪的場域
心被分成一畦畦的
犁出了深痕
豐收了愛

三月

是三月了
空氣中縈繞著一些
淡淡薄薄的雨意
遊遊蕩蕩的昏曖
朝朝暮暮的牽懸
在三月，在小院
想規矩的心愈發慵懶了
絆在樹上的風箏還招著彩線
滿天雲絲橫搖亂抹
——你莫再於藍布的帷下獨坐了
跟我來，往這街坊的巷弄一望

這隱隱的，
千門萬戶的紅塵啊
像不像仿在人境的仙城？
磚瓦閣樓、簇簇疊疊
這氤氳美麗
綵紙一樣紮下地，京城裡
錦重重，千千萬萬個春天

跟我來，到春陽爛漫的街坊
誰知道呢？也許只踱這小小的方步
多變的氣候裡，這麼一走
街頭到巷尾
我們便已踏過了對分的世界
年華的版圖

由靜而動，由陰而陽
從前世走到今生
繪絹走上樓臺
從縠雨走到霜降，到小雪
到冬至，到大寒
到光陰重合
輪迴盡頭的春分

攤開的曆本微微潮了
而我們的故事猶自
好整以暇
耐著擷取，耐著剪貼
耐著裝訂、訛誤、眉批和流傳
翻頁的明暗處

你還是
不急不徐地側著
浸著半身溫潤的光線
一派從容，像株墨飛的梅樹，皴染著
斜倚在那年圈點下的姿態

還在小軒窗下看我梳妝吧
許久前，我也常愛
傍在向晚的桌前
聽你說書，說還鄉，
說那些紛紛揚揚
顛沛流離、興衰頓挫的歷史
——一次次，從黃卷到紅燭
再由紅燭向青燈

總是一次次
淺淺、深深；
從情生到緣盡，再續到寂寞
續到寂寞之後
煢煢燈下不滅的承諾

哎，不提那些你我熟知
老生常談的意思了
這逐花飛絮、似水流年
你看那些千千萬萬的流轉啊
都疊成好幾層的夢境了
東風繽紛，紅雨亂落
我們被重重的夢色裹著
絲絲濛濛、蔚蔚蒸蒸……

多美呀，這堆堆冉冉的霞色
憂悒也不言說了
我們漸漸把身家名姓都遺忘
就這麼慢慢，慢慢
安然闔目
對坐成兩隻煙雨不動的蛹。

夢醒時會不會變成蝴蝶呢？
或許左，或許右
或者上上下下、連環翩姍
還是就化成兩座戴簑笠的石像吧
把那些桃李飄絮都莫管
風流瓣捲，
把莊嚴慈悲的法相都掩蓋

人來了，像看見肩滿流蘇的墓碑
英英雪雪
說不出的古老蒼涼、豐澤華豔

——才三月哪，
誰說三春去後諸芳盡呢？
生生世世、朝朝代代，
我們仍是相識的，未識的，不識的；
總是天上人間，人間天上
從雲端到河畔，又從河畔散往四方
氾濫的緣分那麼長
說不清的三月過去著
花接花去，水挽水流……
終有那麼一天

草不結，環不銜
燕子不再還飛給春天
前事償完，我們
把抵完的債都註銷後
仍自攜手
像三月牽著三月那樣
沿著離離青草
渺渺吹花
讓舞雩的足跡在春裡翠上天去
弄著露凝的，冰涼的笛
踏踩著棋盤的
星宿的陣列……

是三月了

我說，我們都不要再戀愛了
你看那兜過唐宋元明的相思
多麼漫長的許願
頑固的約定
都已在這透亮的一瞥裡啊……

燈罩

我的心是手編起來
精細華麗的燈罩

夜深沉時，你的人
即是內裡的燈
一點開，便整屋都
柔和地
在晶晶綽綽的散影中轉亮

宛在水中央

一切都已發生過了
一切又還沒發生

我平躺在漫開的水中
如一葉浮舟
泉淌的指尖，漣漪的中心
風的意識在水底迴集
靜水流深
不覺涼冷

她在神殿那頭，全身白衣

那左手，放了一枝帶莖的雪花在湖裡
漂來給我

「永恆並無首尾之分。」

世界在水滴聲中成形了
我們浸潤的夢也是

一切都已發生過了
一切又尚未發生

唉，我親愛的守墓人啊
如何言說呢？"時間"其實
像她腕上的銀蛇一樣

是道環狀，相銜於先後哪……

當你來水中尋我
舉我從清淺的湄裡，乍醒之時
依戀地攀住你的頸項
我便如此，對你耳語。

邊境

我們都踩在一個巨大的夢上，企圖上岸
身前是霧，身後是迷津
白土蒼蒼
不覺清冷也不覺得暖

握著我的手，你還想要回首嗎？
要快，又急切、又沉著
向那暴風雨逐漸形成的天色，向戀情
向我們續了又續還書不完的傳奇

時間不多了

盲著我們太疲倦的
健全的眼，你聽
我們已逐步逐步
接近了夢的邊緣
啊，那樣小心翼翼地踏著呀
如履薄冰，足下是破裂的世界的蛋殼
霜華盛綻
步步生著碎濺的冰蓮
迴旋的風與水已繞成圓環了
我們被限定的人生也已經
快要結束

哪哪
那持著秤

掌著燈的人在哪裡呢？
該有人來詢問我們靈魂的重量
判去的方向了
但我不打算與你分開
為此我欲學會最美麗的詩篇賄賂他
讓弦琴琤琮的撥響動聽到直下地獄

時間不多了，你還想要回首嗎？
來，再看一眼
以那三度盲了復明的瞳仁
我們已踩在了夢境的疆線
生限的跨日
多麼宏大瑰麗！來時路上
層層疊疊，十方法界

清明復朦朧間，顯色歷歷
莊嚴又繁複的
浮幻萬國。

氣溫下降，萬頃蓮開
這生成的，冰晶而冷冽的世界呀
已是終、已是盡
走吧，我親愛的，靈魂的伴生者啊
這是涯，也是岸
我們即要沉下
長冷的，無盡的深淵了
我仍握著你的手，雪花也仍刻印在我們瞳中
屆時你會明白
我們下到黑暗中尋找光明

從最遠的逆逐企求歸反
但一切都是很美好的
再沒什麼比脫胎的意志更堅整
我們終於從睡眠中醒來
由渾沌中復甦
而這巨大的體切的夢，已是邊境
已成始裂了……

出門

早晨
半山的城鎮分明
白日的光線冷淡
那些人，扶老攜幼
遠足著
向豐暖儲糧的沿海避難

我夢見
你被流動的人群遺落
遂直去尋你了

世途

讓我們靜靜坐下
待一會兒
讓陽光變著風，雨兼著光
感覺肩上微拂的濕涼或乾爽
學雛鳥那般
將看不見的羽翼習習伸展

讓我們悄悄坐下
看一會兒
城道上，浮生百態
行色匆匆的人們如何

熙來攘往
如何接耳交頭、乍喜乍憂
在川流的年月中殫極謀保
半點偏運，一晌安泰

讓我們靜靜歇下
想一會兒
腳弓走彎復磨平的旅程
如何若有所失，忽有所獲
為摘一顆不屬於自己的星
設求一段適距的眷顧，如參與商
魂夢牽引地趨近
不由自主地背離
典盡鄉愁的買賣中，一度

磨穿的心又如何
反覆鈍鏽
反覆銳利

伸出的手能握回什麼呢
寢寐中，浮夢小路朦朧復明
走不走得回我們最初的居地
枕間途上，若逢故人又該如何借問
隔日復次
更能記得什麼呢
有多久無視路標
多久看慣滄海、桑田
從穀雨走到大雪

紅泥火爐的溫暖，何時念起
遠道上，鴻爪茫茫
近晚的獨坐，疏影清淺
昔年初啟的寒窗前
一點梅紅的希望
總還縈掛

早已記不分明
向明日借來多少恩寵
還回了多少薄倖
一場相逢
萬人叢中一握手
既奇又疑，欲喜還懼

才驚覺是多年來的等待竟應驗
命裡的氣旋開始成形
我們那冥冥待曉，該富麗該毀壞
當誤當迷，當完成的一生啊
無傷的流水向誰去呢
載走了青衿，載走落英、杏雨和江南
再回頭時
寂寥處，向晚獨亮的容顏依舊
髣髣髴髴，看不清楚
歲末錯時的一場花開
愈是幸福，愈是無名地張皇
肅殺的秋聲愈冷愈戚，愈晚愈急
旦夕相逢原是場不計代價的賭
夜暮裡，為贖一雙霜繁緊重的眉

一擲千金又何曾有半點難色
靈犀在待曉的中宵刹然相通時
晚樓窗外，濺濺如瀑的大雪也曾幾度
倒著飛吹
氾濫成災

下一場崩埋的風雪，何時再起？
……掩燈的手微慄而狂喜
當你也漸漸熟慣
小夜裡，在將滅的燈盞上照見
精緻又脆弱
時而映亂，時則拂散時更縱橫
風中一映而過那
陰晴不定的命運

讓我們前前後後，悄然默坐
望著絡繹相續的人面
好奇一會兒
怎教情深，怎成不壽
少年的眼色如何興，如何亮
如何變移如何老
落日照在誰的大旗
慷慨有過誰的餘哀
狂狷忘返出多少流連
意氣盡時，覆巢如何收得歸鳥
人世是一曲多難平的調
何以歡情短，何以苦歲長
何以頻聚散，何以煩惱生

何以山窮水盡、忽忽若狂
自我屢屢絕望時，靈魂深處
仍有某部份不移篤信
劫炎裡春土的輪迴
死灰裡再竄的火星

烽火與狼煙盛極而消
荒廢了何方夢想
問啞了誰家陳年
燙疼的意志猶不落手
奔騰的江流翻身而去了
水畔一縷纖婉的詞
懸懸蕩蕩

由細到清，將針刻的離痛唱成訣別
我們的執著不改不遷
捨棄的人事不悔不顧
當湍濤急流走成明水平沙
柔砂挾著細礫，淹漫過腳背、腳趾
時光往後拉扯的質感，迴沉又微疼
逐散了恩怨與離合
白雲蒼狗
落拓的思念疊了又散，堆沙成塔
再盼來的是什麼呢？
懵懂的初心
從戰戰兢兢到雪雪亮亮
負久了期盼與絕望。肩上
山嶽的寄意不覺沈重時

回望的姿態竟自輕了

曾有過那樣光冷的死志
一次次昏黃的闌珊
簷下雨下
成條的水珠代誰哭時
一步也踏不出去的迢遞人間
茫茫天涯，默然忍耐
為一份投宿無門的任性
忍著歡，忍成憂，忍住洶湧的生和纏綿的死
暮色漸漸等來了黑
閒花落土的夜晚，春雨不眠
尖苦的相刃或甘澀的自刎
前生的夢乍然驚醒時

影影綽綽，一餤恍然
煙水消散的殉與償前
自明造化
五雷轟頂
我們狂妄至斯鍾情若此的靈魂
終也禁得了溫順的俯首

放浪本是誰的形骸
飄零的身世更屬何方
聽潤了竹叢的嘯
臥熟了岩石的夢
在狂風沙漠中盲目地愛
在滿天星斗下陡然地信

才知道生生亡亡都是心甘情願
若不是銘心刻骨
又何來大澈大悟
回頭是涯，前躍也是岸
所有的江水都連波
千里的霧靄也散了
欠而未解的業習
到底空淨
打哪落腳都不在意了
還談什麼至關緊要呢
淡而不蹙的眉尖
無復寒暑
是非榮辱都是別人的事了
自束的理路絲色清豔

來時舊事，半生的展線緣徑分明
繞指成柔
如一綹新打的繐，嚴雅端正
將你我一度綰結不了的心事
編理成玉
在漿洗成白的舊衣襬邊
微叩起流年玲玲的迴音
行止隨在
環珮叮噹

又是一個客居的清晨，四壁清冷
驟響的密雨將舊夢打淡
上一趟離開，還在夜裡
想那曾經淬然的真情

寒光畢竟鑑亮了多雲翳的晚路
當歲月變得悠悠忽忽
轉轉瞬瞬
揚塵漫作伏土
嶔崎鑿成磊落
點燈的手不再顫抖
後知後覺的日子
終於還是懂了
愛極時能允斷折
豁朗時容得失意
漂泊只為在決絕中學得
不可理喻的堅毅溫柔

這一次啟程，要趁白晝
雨兼著風，水氣變著陽光
再把起身的手搭起來吧
前程還那麼遠，又彷佛已多近
我們踽踽而行的
雖非世途
卻是走回心中唯一的路

Ⅲ・明月

訪

如果靜靜地想著，專注澄淨
淋著水質般的明明晦晦
又光又暗
穿越圓，穿越缺
低頭掩過桂樹斑駁交織的陰影
赤腳涉入窪積巨量回憶的寧靜海
愈深，愈沉……

那時，路出現
我們就走回自己心中的月

好消息

開花植物是屬於土與水的
陽光和蝴蝶是屬於風和火的
當它們相遇那一剎
世界就和諧了

新月夜裡，這張被邀請的淡藍卡上，
我們的命運也
因此平衡。

鏡

沒有比鏡子更公正慈悲的了
它反射一切、容照一切、歸還一切；
它是空，亦是色
在地為水、在天為月，
在靈魂，為眼睛。
它不說話，已說盡所有的話。

花兒

像我們隱沒的記憶一樣
那些花兒，一陣打旋
就飛逝在渺渺的天空了

結局

一盞風雨不熄的燈，平寧地
亮在我眼裡心裡，身裡骨裡
心若如石，就在盤結的峙立中
身若如絮，便在飄零的遠揚裡
冬去春來
藩籬早已盡除了
坎坷似重實輕
黑夜雖長而徐
曲折的一生豐累輕盈

只剩下些奇僻與否的問題了
群與不群，同或不同
歸根也好，遠放也罷
斷橋處是否舟停？水窮處是否雲起
地北天南
花與土的流落是否團圓
其實，三生路上
遍覽傳奇的你我早已
並不關心

心門灑然，前緣分定
我是如此地安然以待
那天，靜悄悄地

讓我的手足膚髮深深陷入
無名的墳，土裡的眠床
並且溫柔地，溫柔地腐化

啊，直至那時
我們為人側目的形骸，
遂也被全世界的私語接納

容器

不做深瓶了
我想當一只
淺淺的碟
水仙盆也好或者
小巧的盞托

總之，我該是一只
淺淺的碟
溫潤，無紋，雨過天青色

因我不願再留蓄
這滿盈的恩與淚
夢裡的水聲，天上的泉
每逢傾注，就讓它溢向四方吧……

我是只青瓷的碟而
愈淺愈好
這樣，就永遠
能將承來的願望流給你們了

事件

事情恰巧在這裡，所以發生了

我們未曾思慮不周
也並非假設過多
就像螞蟻沿到牆角
光線遇上重力
花朵開展，藤蔓自然彎曲
拋出的球落到左邊，或者右邊
線條追隨角度，一半可預測、一半不可
萬物演變自己的象徵，樂在其中

在那發展無限
卻又萬無一失的美好設計裡
事情恰巧碰到，所以發生了

通訊魚

妳看那些金橘、紫銀，背鰭寶藍或罌粟紅
漂浮在天空，有翼的魚
它們是海豚與鯨魚遠古的始祖
濾食光，吹吐著可能性的泡泡
棲息於每個世界的月球背面
游動時，提琴的音色微微閃亮
全盲的眼睛用來感知看不見的情緒震盪

有翼的魚是可垂釣的，只要誘以純度最高
帶日珥的，太陽的黃金絲線。此外
它們在任務完成時最易上鉤——

負載彩虹幼苗的魚群，以十二的倍數結隊
在四度垂懸的巨大星座間穿梭
往來運輸閃爍的命運訊息
及夢的原始形式

我但願能偷渡一對給妳
在心與腦之間，那玻璃色的水箱裡。這樣
枕上結著鹽的夜裡
夢著那些悲傷與分離的時候
天使歌聲一樣的
希望與預言便永不遲到。

訪舊

我有意識地
對過去的自己鎮魂
把撫靈的吟唱
散佈在交疊的街道
祈禱的形式顯化白花
開自冥土的桔梗，一朵朵
浮落在記憶縱橫的舊街
開承著，每一瓣上，星辰的光就此迎來

給風雨的昔年，給疼痛，給我們
予那脫離了成長拒絕溝通

永遠不老，不棄
容態似昔卻耗盡青春
困縛街尾沉默蒼白的靈魂

藉之，我彷彿觸摸到
你遺忘原由的焦慮
懸而未允的希望
那殫精竭智、或逃或戰
燙疼恐懼，時自慄慄的心

啊，我無法握持它
但我給予
與思念同等深厚的祝福
讓活風再流、隕石重飛

陳鏽皆散，折鐵一新
願我們的過去與未來
不再被彼此的重力束縛
同時旋轉，燦爛，閃爍
像一顆星星透過自轉
豐富著自己的天氣
參與了整座銀河公轉的夢

雨祭

她伸手援引，祈使
從每一座星上
倒下水來
氾濫，氾濫
洗刷這罪愆滿盈的城郭
淹沒首都、暴君，文明
注滿因疲憊而顫動
久已龜裂的大地

啊，天上的水已太滿：
請降雨吧，

讓所有受苦的、善良的、先知的、殉難的
激動的、指控的；
愚昧的、造孽的、為虎作倀的靈魂
都退回宇宙深處的子宮去——
在這一天，從每座星上降下大水。

退洪之後
無人的地球潔淨如洗
每片方格的水，如明鏡
群星聚集，俯首
在其間照見祂們的臉

後殿

今天我來，沒帶什麼來看你
沒有香花，燭果
沒有誦持與讚嘆

但我帶來一顆心，
開啟地、點亮地、月滿地，
已齋過淨過，沐過端整過。
今天，它作為火種
燒白淨的光於你的座前，足下
於天與地間新闢的通道

今天我來，沒能帶上什麼
但祇奉獻上我的心，我的夢，我的祝願
夢裡有四時香花，雪白皎潔、
芳芳華華；
願裡有你杖杵的回音
宏宏亮亮、震透不絕，似鐘鳴
沉動金石的迴響，直撼冥府。

今天我來，無須問你什麼
你也知道，我來
不為解惑也不為緣求。
沉默地、明瞭地
在冰透而氤氳的煙氣，在紅柵欄前

隔著繚，隔著界，隔著霧霧靄靄
生生世世
我依然感到強大的支持和允諾
寬容與推動
暖如日，渾厚如地。

於是我仍舊溫順且恭敬
清醒得像朵新燃的燭光，在此
跪伏如一枚腳印的貼地，翻掌
如一對平水的蓮瓣，澄澄瀲瀲地，迎你
輕柔而至大
光明且無量

而我靜靜領受。嶄新又熟悉，

穿透且離合；如同此身初遇
非醒非寐中，瞬間
由一微點綻放出的清平世界
浩蕩恆沙

今天我來，以一份心，一則夢，一幅祝願
以此奉獻，即此承迎
攜領回玲玲的珠影與再契的火柱。

枝頭

念你的時候
安然沉著，常似晴空
直至山水寂寂
園路迢迢
又像眷戀，開至最後一朵
遲遲，如秋枝上
沾臨遠眺的白花
天高地廣
一片默然的情深

浮光

我將與看不到的風結合
如飛鳥優雅，如天空自在

凌於無常，我的翅膀
將愚癡遠遠翻落

門檻

我無法抗拒
超越既定的渴望

站在樂園與荒野的交界
任切割白天與黑夜的日影
穿透我的心與身軀
以其銳利與明晰
領我欲望，領我誓願，領我跨越門檻
從生到死，由死到生
面對壯麗遼闊的沉落冥府
捨命奔赴，無所顧戀

我無法延遲
跨越門檻後回首的憬悟
故土如夢幻，朝露前身
分水嶺上只有一種召喚、一種選擇
無可重蹈的足跡，不容遲疑的交付
現世佈滿象徵
大地歷歷分明
刺瞎雙眼的老人，在荒原前方踽踽而行
我們傾心成就的本非信仰
而是意志

我沒有辦法起誓
平凡、幸福；珍貴的瑣事與舊有身分，

如今已無法憑藉。在那
剝除一切隱喻，與內我直接相對的殿堂中心
真正的獻祭只有一次
淵水無法逆流
命運無法重複抵押
我看管自己的順逆榮辱，如一受雇的牧羊人
此生境遇，已不自屬。

我沒有事物供奉
因我實則孑然一身、空無長物
在須得徒手
點亮無數燈火的長途旅程中
我的遠志即回家的路

永久花

我的愛與靈魂已有了窗，
何以還要另尋地上的開口？

它上達星辰，下入深土
在海洋，在蒼穹，在火山
在每一片葉梢、每一臂樹根
在大寒裡每一片飛舞的嚴麗雪晶
島地上一簇簇黃金傲立的永久花

古老又年輕，蓬勃又抑鬱
漫長地

帶著交握的傷痕走過
我們沿途觸撫下的每一個世界
都將因思念的網絡相連

親愛的，我流浪故事的傾聽者啊
我的愛與靈魂已有了窗：
你的心與眼
因此直達宇宙。

通道

所有的通道，都可由內在打開：
火的道路或水的道路
神的王座，魔的面孔
圓與方，無限的立體
曲帶的銀河環繞展開了
漆深的永夜吐出永恆
熠熠星光，因逐一的唱名而點亮——
那是傾盡我們夢想幻見
匯流的合聲。

「所有通道，皆可由內打開。」

意識甦醒時
鼓譟的萬物如此，對我耳語。

雷霆樹

願望應許的時候，在我心中
雨林色的閃電，從雲端
以倒長的大樹形狀
隆隆地，打成落雷陣
殛成一座光照，逆反的霆電森林

雷電的瞬展細緻強勁
帶著水的氣味，岩的氣味
樹冠的氣味、焦炙的氣味
再毀與再造的氣味
芬芳濃澀，掣掣灼灼

倒擲的叢叢銀光，千網千臂
急扣下的激流轟然作響

從有限呼喚無限，
自無限傳至有限：
旋轉的方圓大地，由立足延伸
我祈求自己為引雷針；
我交付自己成引雷針。

眉心的高漲裡，承迎以
意識的照亮與震顫
思念抽長飛散

地殼層層裂開
世界錯落著，夢境重重飛雪
剎那間，時空的架構薄脆如冰殼……

每一片閃電皆是立體的
神之葉脈。

睜開眼之前，我看到
有一束奔雷
像分流疾射的弓蛇
電亮地，朝你而去

手藝

細雨絲絲潤潤
織縫起乾涸的大地
繁星點點清清
覓合出銀河的流向

命運是這麼一張
蓋地漫天，溫柔又殘酷的網
我們的耐心是針，緣份是線
原是要一線一針
穿引這殘缺的人世
破損的圓

但我能為你補多少呢
那長路，
那無盡生滅的心心識識
造化真繁，業緣的圖毯真長
日月星辰的針法多錦繡
倘若奪不了天工
縱使巧壓金線
能為你瞞過多少風雨呢

不如，先綴成一盞燈
地上綿綿，照你跟前跟後、暗途長夜
不如，再繡圓一幅月
遲遲天上，守你千江周流，萬里雲開
願你逢得知己，世世扶持

留成平安，生生不懼
線歿針折後
輪迴到頭
還有祝福伴你入世
輾轉沿遞，再三為人

那麼我就終能袖手了
就能挽著雲淡，傍著風輕
自外於天地的設局
聽織機轆轆、星梭飛投
在頁頁翻飛的圖卷間
看上蒼的手澤，濃淡底間色
數當年耗心竭神的你和自己
添到了第幾根白髮……

魚之眠

當整座宇宙
陷入幼魚一般淺淺的寐眠
從遠古，世界的震盪趨於低微
輝煌漸漸沈靜
你我或要
在迴旋的夢底層遇見了

說好是最美的相逢
在沙沙婆娑的大樹底下
我淡然如昔，你歷劫歸來
星辰或容我們再話一次誓隨的可能

七世三生，守恆不變

但真到再見那一刻
花雨紛墜，塵世灰飛煙滅
我還想求，你還想問嗎
創世之風中，輕搖的生命樹離離翠翠
相看如此透徹、如此儼然
結習盡時，世界顯得那樣分明……

那麼
又有什麼好再世呢
緣結在最好的年份，剎那靈犀
已足夠我們參透時空的奧秘
莫失莫忘，不離不棄

所以，若見著時
該與你說些什麼呢
還是惜取，還是輕悄，還是
暫留這則方覺曉的夢吧
莫驚醒了天懸銀河的淺睡
因為，遙相祝禱的夜裡
冥冥地，聽見你心底的水聲時
暮鼓晨鐘，外來風雨
我再也不聞念了

時間

我覺得日子好像
掠行在水面的一片光
折轉閃爍
移走無聲

而我的心和靈在水底
淡而遠地
看水面不時染開的紋舞漣漪

神

當我行走人間
被你看見

剎時，一千萬顆
高懸怒放
星星的光華
如瀑如壓，衝擊在我的心上

夢流橋

廣大的水涯上方
有層層相疊，高低起伏
搭連在眼前的路

通往未來，那是藍圖的蛛網，現世之鍵

搭往遠方的路
因人們行走於上而改變
它們彎曲舉降、延展向背
路拱為橋，橋立為梯
我們的重量使之下沉，

祈願使之昇揚
有些光潔，有些泥濘
有些走入雪花的結構
有些舉上群星的議堂

哪一條路通往海洋
哪一條路通往夢，哪一條秘道
通往你呢

當我在水與水
路與路的亭中央
看見逆反的天空，想起你時
從水底，意識的可能冰綻蓮開
所有的橋開始流動。

眠

每晚入睡時
我都很懷念
像進入一個小小的死
一點點，分崩離析
黑色的擁抱很軟很深
直至日夕相忘，失其遠近
水窮處，大片留白寫意湧進

那時，擺渡到邊緣，理解和情感漸次淡薄
有螢火，逸出自枕間，一枚枚
像精神，團團，盈暖起如絲的光輝

意識沉入，靈魂飛起時
我總是熟悉
轉換了身世與名氏
暫脫去閃爍的軀殼
沿行於巨大的星座葉脈
攬著髮，輕起步
穿過鋪成整塊明暗大陸的流域……

然後，在哪裡，且遇見你
不道一聲因果的默契
先後，展讀同顆星的心思
再而次地，使著許許多多
迎生送死
金黃色療癒的夢

從不

我從未覺得
月損為缺，落花可惜
瑕疵的整體曾有不足
有哪樁錯過值得遺憾

也從不以為
坎坷當哭，夢醒當悲
力竭有悔、情深不壽
擔待一切業緣輕重，任性而活
願賭服輸的人生有何難處

然而，回看你滄桑肩影
屢屢，總還盼
風沙路上，艱難絆跌地扶持時
早晚些猛然醒悟

要多少回憶的積蓄
才夠我們
情願心甘
溫柔謙卑地過一生

在天空的螺旋梯下

感謝遺忘，它讓我重新錯誤一次
重新相遇一次
重新理解、重新深愛
重新為了生命的觸撫淚流滿面

感謝岔路，它使我豐富地為了選擇痛苦
因而有寬恕，因而原諒
因而明白了嬰兒般啼哭的，火山的心情
因而日落霞飛、虹彩滿天，
海洋深沈地蕩搖出地球的心

感謝你的受苦與掙扎
徬徨與恐懼
當我們學會以溫柔的雙手埋葬
它們有天將採落葉的姿態安息
厚植地，沃養你靈魂的生態，
在馨寧的熟睡中分解

過去和未來都還不斷生長
路標的樣式也持續更改
每一次詢問都觸動於命運
每一次凝視，心與認識就改變一點點

我們是散落的點
支撐起立體的願望

是投注的光
聚焦出人世的波紋與明暗
我們是種子，是意志，是祝福
為使森林比預想的藍圖更蓊鬱而生

所有分離在相聚後
都比原初的總和更完整
所有星星在迸散後
都因各自力求的閃耀，使銀河
比它夢想過的宏偉璀璨
感謝風，感謝土
感謝人類的良善與罪惡
碌碌與美麗
生存的努力、混亂的有序

曖昧的偽裝和偶爾氾濫的真誠
感謝燈、感謝報紙，感謝早餐店，圖書館
感謝老婦的彎腰和兒童的笑
感謝水，感謝火
感謝沙漠的生成、雨林的老邁
感謝星系的旋轉
宇宙的層疊
以及
那如一片雷電般隆隆閃開的，蝴蝶的翅翼

至於，如果你問起
紀元終結前所行的最後一件事
在降下螺旋梯的天空下
我願意，將夢中拾得的三朵

錫色的銀製薔薇
貫注了累世的思念、刻上了極星的座標，
慎重地
埋在你依舊行旅的胸膛。

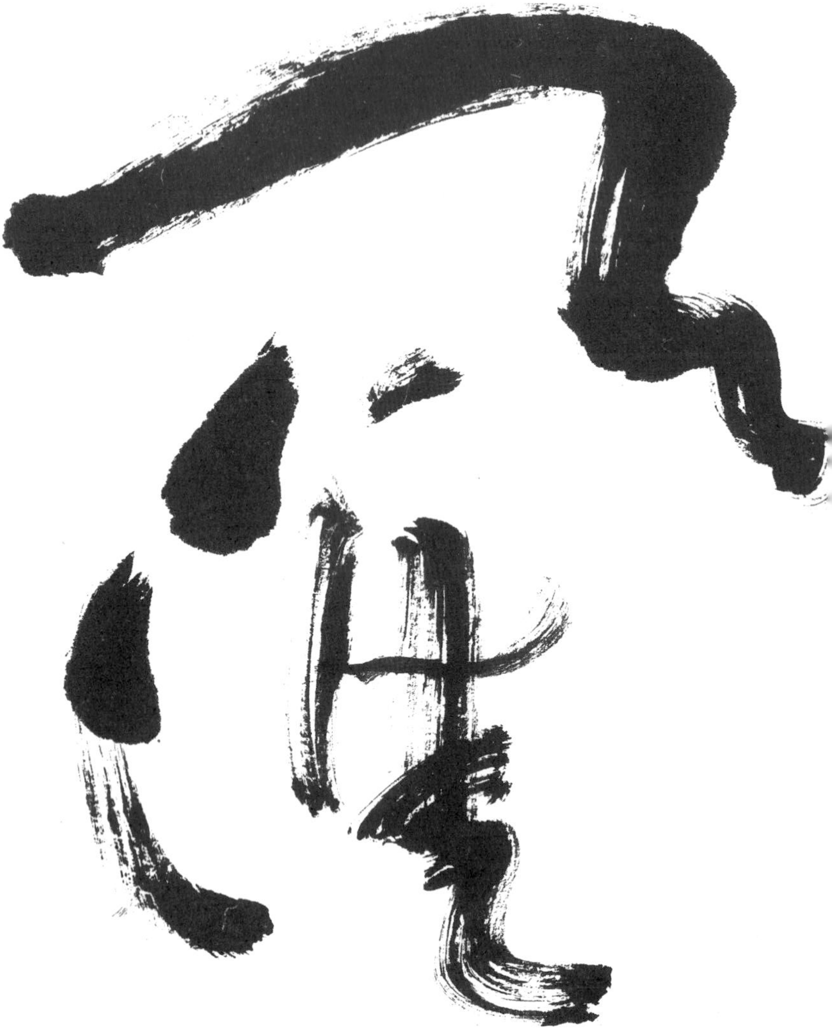
風

Ⅳ・天涯共此時

禮物

我想送你一首
輕巧簡單的詩

排列容易，詞色清淡
每一筆劃
都藏著溶溶天光
深深祝福

希望，在你心中
營造一處寧寧靜靜
小小的偏安

勿忘我

我很喜歡
看到你來夢裡走動
說話、起居；聯袂，微笑
擰開那裡的燈，
試喝新焙的茶
自自然然，安之若素
如星辰攀上海面放光
羽葉吹來落土生根
舉止真摯，心靈滿顫
世界溢載毫無偽裝
溫柔纖華的愛

一切這麼天公地道的
就好像
我們從不曾忘記一樣

采邑

天空以一種生來的慷慨，一把一把
將擁懷的白雲分給四方
憑著風鈴草的舞獻，以夏之名
願風，將最美的那頃雪花捧送予你

當阿波羅的祝福送到，金箔的花葉從雲中開出
我親愛的，仰臥草地的旅人哪
你心中，就會傾下
古希臘一片深邃的海藍

森羅

從遺跡到種子
坍縮到膨脹
我們心中藏匿所有的「有」
城市建築，科技藍圖
羽翼的胚胎與異界通聯
勿忘草、地球儀，行星週期
美人魚和獨角獸
漫行的夢遊者及華麗的古老生物
時間的引力可快可慢
可厚可薄

當我加速對你的思念
山陵風化，極軸倒轉
冰河覆蓋又消退
綠地重生
繼起的文明建立在樹冠上、懸吊在星星下
太陽得到雙生
地月重新平衡
鯨豚的族類在新造的海洋歌唱不輟

當我減緩對你的追隨
意識慢慢化為岩盤
土地的呼吸沈厚可辨
神隱之谷的綿羊集體遷徙
五色鳥南飛

雪下得又輕又慢
沙漠的天空裡
十二宮的絲帶逆轉了迴旋
宇宙的訊息不再來自過去
而自未來
背景輻射的初聲震盪到時空外緣
生命樹的根顯露在每一重世界

……然後知道
只要穿透得足深，至遠
在彼此的心底，你我終能
找回一切時空
一切演化
領取最初的稱謂與親密、

自由與無限；那時
當一隻蝴蝶自它的夢中醒來。

永動

在那顆溫柔的星星下
深藍的浩瀚宇宙裡
我們何幸相遇
又何憾相失
但我已歷歷記得你的名字
並把它交還永動的萬有之心
從此
我們一度輝煌的愛情
遂永誌不渝
萬古常新

從屬

我們是一束束
投射到地球上的夢
以無盡之燦爛
穿落時空
奔赴畢集

傾注相結的意識焦點
燒灼出我們的名字、身份、
手足髮膚、記憶心眼，
如流水按捺成溪谷
樹木烙印出年輪

而眾水仍從屬同一片海洋
腐植與新葉供奉同一座森林
我們的新舊了悟、愛憎喜悅
也支撐著同一張天空
同一層宇宙

我們是一則則
選擇相互成就的誓約
當你在風暴中心認取自己的來歷緣由
握住此束覺知的火焰
你就會發現
我的語言已句句坦白
我的沉默亦無所保留

心是紙

生之苦，揉皺時
如一緊縮的紙團
顛倒扭結，憤怒委屈

一旦展開，
則日月星辰、淨垢得失
飛昇沉淪，
無所不包

聚會

年輕時候，總有幾場亮烈的際會
金風細雨
一群花在空中飛
歌聲蕩蕩，平野浩浩
天那麼廣而地那麼遠
我們席地而坐，各據一方
恰似幾個懷才的後生
把酒言歡
將開宗立派的意興都揣長

高山

我知道，你愛這奇麗的雲
湛藍的湖
青綠柔美的箭竹叢
還有小了天下的巍峨群峰
打年輕，便日思夢寐
並屢屢攻頂的

只是，老友啊，關於攀爬
我們的體力已經
日漸衰退、大不如前

總要遷個地點才好？
低一點，緩一點
尋常平凡
不需標高海拔的那種
雖然，年少時應許的聖地
全在雪線之上……

你說呢，回憶的山那麼高
每一登上
都要好久好久才下得來

籤筒

我想為你抽一支籤
小幸小吉，但永不厄逢
想讓你的生活
順遂習常，偶犯毛病
時不時有意外之喜來
晴雲陣雨、小難小災
卻關關能過，永無大禍

幸運色是太陽光，方位是前方
凡事不忌，只戒除惶慄反復、自我懷疑，并一顆
恐懼迷誤，害怕失去所有的心

至於
求人宜早，失物隨緣
緣談可深，病無不癒
買賣有損有益、無誠勿試
貴人在
明日晨起，鏡裡神清氣爽的自己
旅行最好去海邊
不必勝景，但要有礁有岩、濤聲響亮
白天蔚藍，夜晚
有一處刷淨炎暑的岸
看無涯淨朗，海上明月冉冉而生
知路途雖遠，但有一心清涼復圓
天大地大，無不可去

最後，再替你安一炷香
讓冥冥感應，今晚成形
睡眠沉得深且熟時
枕畔他界，漫天花雨
吉祥如意，馥馥紛紛
一夢見
便芬芳久繫，永生不忘

冰裂

這是一趟多漫長的旅程啊
時日不夠快，不夠快
不夠我們揮霍耐性，道別重逢
穿過那些漫著光輝和暗礫的甬道
扶手珍重，撤手悲怒
在間隔的壁影下
看命運向背時
你我復明復暗的臉色
淚時付火，笑裡看花
速速領受生趣與死志
早日窺看一生的批註

我們的領悟又多麼遲，多麼遲
如果能趁早掉淚，趁早原諒
趁早夢、趁早記憶
趁早疑心到距離之薄幻，巧合之有序
省會起心靈與時間的操作法則
趁早發現
生來就是為了要越界呢

怎麼在同一顆閃爍的星星底下
忽然想起流徙的衝動
爾後尊嚴，爾後慈悲
像一座星球的意識慢慢醒來
懂得地震，懂得山火

懂得颱風的形成，慢雪的結晶
夢見旭陽的心跳、雛鳥的胸音
明白一朵花底開和謝都是她的鍾情

那時我們的相識就不算偶然
尋覓也不恨晚了
許久以後，當你驀然回首
靜撫重看——那時，
等你在心的冰裂面發現
閃若水紋，漾如絲絹的虹彩光澤
那就是我們認真活過，試過，努力過
並且深切愛過的證明。

光之山

為了向更好的世界移動
我們不惜首先蒙蔽
火之義，雨之心
業緣同願望之對稱，與及
自由意志的存在理由

上一次夢見旅行
踩在地球的每一步
點點滲滲，有光生根。
那些欣然沉默的周行腳印
如戳如記，都通連

到洋洲深處頻繁發作的金色地震

上一次看見天空
腳下是透明璀燦
由光打造的崇山峻嶺
無數隆起的山脈，千峰萬壑
須彌浮現
一座宏靜無亂，純粹巍峨的無限大地

也許在瞬間
也許在永恆
我的心偶爾空白
向時間以外的重力滑落

那時，我們的思考，幻想，存在，冒險
就在一彈指間
變得通澈見底
分明如羽
而記憶所及的地方，無論死亡或新生
黑夜或白晝
俱因果完美，深受祝福

無論誕生在哪裡
我都將尋訪你
我的靈知，試驗，覺醒
約定要完成之慶典和夢的賭注

在耳目再度明亮的年代

火苗高竄，雨柱傾注
於是我們的心將雪亮
為了向更好的世界移動

小憩

我們走過了這麼遠的旅途
終於在中心找到平靜之處
那裡沒有時間而有著一切時間
沒有空間而有著一切空間
那裡一朵雛菊悄悄綻開
草露上，一道彩虹正靜靜析出
那裡雪曾崩過隕石正落下
那裡有聖殿，有原野，有天堂、冥府和海洋
那裡蘊蓄著太陽風暴的形成
那裡一顆星星正在試飛
無限星星曾經生成，遠遊，再回家

熱烈討論並轉換他們的顏色、氏名與生命

我很高興看到
你從淡金光的階梯上走下，朝我而來
我很高興你帶來的禮物，微笑，以及聲音
像夢像細涼的火脈
輝光流爍，像水像寶石一樣的紫色項鍊
它的名字也叫希望。
我很高興朋友們都康健
他們依舊強悍，驕傲且友善
形貌光輝燦爛、難見全相
我很高興你們陪我一會兒
告訴我心的羽翼還需更豐盛地增展並打開
而星球的城市正在建成。

意圖

我們的夢
是融化的彩色玻璃
任意彎曲，接點，鎔鑄
焊起有限與無限、尺度與不朽
豐富的意圖以可能性相互碰撞，緩慢又暴烈
結晶與構造搭建出城市
數學方程式演算著
形色變幻，伸展在掉落的時空
高溫，流動，鮮豔透明
塵世在無數的接點間昇起

交錯鋪展的銀河之路中
任洪荒推演、萬國起落，這長夢
我們無法被光線測量的宇宙
是件永不完成的開放藝品

盤

那只珐瑯瓷的盤子上
盛著玻璃糖似的行星
盤底畫著濃簇的，未散化開的……
微縮著山水的夢。

龍飛鳳舞，蘊蓄萬千
創世的意念、地球胎型，所有平行的世界
都還在睡眠的釉彩中流動。

盤上，有蝴蝶以曼妙的螺線升旋飛舞
她們的翅膀裁自最艷質的彩虹

你托著這盤子……小心點，
但也儘可大膽些；因這其中最燦爛的那對星星
是要取去做我們占卜的眼睛。

吹羽

當你走過長長的人行道
請精緻地承接
那枚逆滿光線，輕巧地
盈盈吹來的蒲公英

從空而降，到眼前
它是天使的羽枝，
旋轉的訊息
來自天堂的光之降落傘

你能夠

讓它輕輕在手心降落
再輕輕起飛
它將會連接下一則祝福，下一個路人
下一朵等待被開啟的轉化之心

時日

關於變化，關於推移
關於日月生蝕和板塊移動
與及火燄的溫度、鑄劍的成敗
賭徒的性格與狂醉與痛醒
乃至生，乃至死
乃至一枚水滴的濺落與破散——

在深深深夜的早春前
我靜靜聽著木星的足音
樂觀其成得
像朵等待朝陽的雪花

時光之船

如果，你已經搭上
那朝向季節大門旋流的
時光之船
請欣然臣服地跟隨
生活中美好的變局
像雪人聆聽雪花那樣
聆聽每個轉角的巧合、偶然，以及奇蹟
看穿那些擅於偽裝的冷漠和敵意
領略生命的友善與仁慈
毫無畏懼。
請冷靜追索

看似凌亂卻於底層統一的激流漩渦
認清最初的名字、誓願
奉獻與榮耀
讓它敞開，向萬物振動的頻率
記取沿途開謝有時的緣份
在眾志推動的槳下
時代的意義不言自明
嶄新的可能一一畢集
趨來歸服。
如果，你已經安好座位
在這疾行如箭的時光之船
請明白坐而言不如起而行
喜樂大可盜取，等待毫無意義；
請信賴未敢信賴的事物

譬如他人的溫柔
自己的愛
請在盛日的陽光下大膽仰面
遂明白
宇宙的恩典強勁、豐沛，無遠弗屆
而造物的愛隨取隨至
一無等第

金枝

感謝永恆存在
時間變得深美，福禍落得豐渺
混合的記憶溶為雪泥
在星辰的枝椏下，匯流成潺潺泉水
萬物的意識都紡織在大地的錦上
依時開謝，舒長蜷曲

感謝永恆存在
即使我們已經
如此盡責地，試演了無數夢境
並允許自己忘掉

大幕前，分配台詞時的角色議定

感謝永恆存在
我們為可能性奔波，為五斗米折腰
傲然拒絕他人的施恩，哀然懇求命運的憐憫
輪番替演丑角、瘋子，商人或預言家
時而歡笑，時而哭泣
既背德，復正直
比起復仇的權利更擁有
寬容的權利

感謝永恆存在
拋出的必然重反
詢問的必然獲答

當海與陸再度擁抱
為能專注其一而射下的另九枚太陽
將在變色之後
熾烈噴射，重放光明

感謝永恆存在
再毀與再造，我們終比想像中格外嫻熟

感謝永恆存在
靈魂從未失落，所愛從未遺忘
在鄉人的市集，地獄的門殿之前
他真正的名字永遠
為我珍藏，不與人言。

感謝永恆存在
海洋掀，岩山起
磁極幾近轉換
地殼已然變動。在隆隆震怒的
閃電，狂雷，暴風雨之外
我們紅色的心
是宇宙的金枝上，最瑩豔的一枚漿果

玫瑰

何時，我開始瞥見
夢與夢間微映閃露的對色裡襯
不同刻度的時間摺疊
可能性的森林在轉輪的萬花筒底躍現
每一簇尖端的花葉
是一整個世界的碎形

我多麼嚮往
那以宇宙為尺度的靈魂拼圖
立體迷宮，星球聖殿
穴底的風、相連的地下洞窟

每一個邊疆都是中心
每一處出生都是火焰
遠古和未來，他生與異界
交織在意識深淵的美麗搖籃
我無能指認、無從追索
但我聽見塵，吹過巨木樹稍的沙響
看見星光聚集如魚苗
思念追隨如閃電
銀透的光城如水柱傾注
同心圓的浪潮往外擴展

親愛的相逢者啊，
我的心意無比確定
無比喜悅

我不是為了遇見你而來
但認識你我很高興
我的愛已很廣闊，眼光已很遙遠
命運的地平線已燃燒重組
在暫眈的此際，目擊的末世
給你，為了把橄欖枝遞與
我願意多停留一些歷史
多撥動一些過去：為你。
雖然千萬年前我們未曾愛過
億萬年後我依然不是你的伴侶

只要暫且把肩上的重力卸放吧
不用看，不用聽，也不用擔心
如果你伸出手，

穿梭過那閃爍著天堂之信的風
燦白金的玫瑰，將在地球中心綻放。

夜席

深夜，靜得如深潭
我的聽
豎得如一管空心荷莖
纖立著，摒絕了人間的呼息，我的聽
漸漸地盈滿水聲……洋洋清籟裡
漫起造物的私話、宇宙的頻率

——這已是會後會了；
那走動的少年偷偷告訴我
他們在海底的筵席間
拋玩起月亮的牙飾、傳遞浸著太陽的金盃

並在交換時事的空隙
敲著質地格外好的，下一只春分的木桶
商量該釀酒還是釀彩虹

深夜，我為你召來一朵
永夏的蓮荷
瓣七彩，香也七彩。
又有一雪白信鴿，從諸神的光潭裡凝起
抖落翅翼間的水酒，牠為我，伺著睡眠，
將這花
順著他們話語的微波，徐徐推去
植入你夢的沼土，深埋、深埋……
不著痕跡地，包覆葡萄與彩虹的種子
熟睡成一顆披羽翼的心。

詩

如果你在雨地仍聽到，那是因為
我不用文字在唱歌
用心在唱歌
所以那聲音，爬山一樣
攀上了最高的星星，再下來
回聲似的
如實地，如實地
詠誦那章節的名在你夢的谷地。

理由

我坐在那裡
讓靈魂靜靜發光
染亮了你的容顏
觸溶了我的沉思

所有不幸的故事
都源自孤獨
所有返鄉的浪子
都俯於慈悲

我們不為同甘而相聚
卻因共贖而靠近
日出時落淚
黑暗時擁抱
刺痛中編織棘冠
溫柔裡蜷藏軟弱

何時證悟
自己的心
何時真正
看見彼此

命運悉曉子民每一個舉措
每一次衝動、謀略

真誠與虛偽
量身訂做的設局精準細微
按時兌現
直至人群也深知
生命等值反饋的交換意圖
從殘酷裡翻出仁恕
戰爭裡反出共榮
碉堡放棄牆，玫瑰卸除刺
學會臣服、相信
不抵抗和不防禦

然後發現白晝是光
黑夜也是光
思緒靈光四閃
記憶閃爍多變
電子是弦，行星是音樂
月亮有意識，太陽有神靈
每個人的心底有果核
風暴傾訴著，鸚鵡聽見
一朵小而白的茉莉都知道

愛傾向
以不同面貌會見彼此
在流變中長居
陷阱中自由

地質內點石成金
由神之識入人之身
以人之手行神之意
在限定的人生裡
練習一切沉淪揚升
不可思議

而故事渴望被說
家園渴望被居住
幾何等待立體
物質等待靈魂
宇宙希望
由各種角度觀看自己

這就是你，這就是我
這就是我們自投羅網，
甘願分離的理由。

凌晨

我很高興
在夢裡認出你
分享了同一組振動，合諧音色
古老身世，互設夢境
在第一片黑暗織造時
同握住一束光，
記住光的遙遠伴侶

親密如自己，無私如左右
我們曾經
同鬭戰場，共造天堂

嫻熟於
將對方捲入自己心靈的星系
讀取每一處閃燄，推進，漩渦，吞噬
壯麗輝煌
狂暴的新生和死亡

在輪迴的節點，時間的縫隙
心與心的探觸，念念如樹
閃著花火的森林
幢幢浮現
手中湧出一柄流光幻華的
幾何之蓮
月亮多重地，浮在暗藍的天空反面
可能的門戶自此開啟

當我隱隱走向
銀銀含光，蛛網般鍵結相連的
思念岔路

空間與時間
是一座座不同的城
有的垂直，有的水平
有些快轉，有些慢走
有些擰在灰中，有些滌在水底
有些祭月，有些拜火
有些純白如珍珠，有些蓋滿水晶塔，有些
不絕迴盪著規律的機械微響

像一簇丁香花細細吹到不同世界

我在其中一些
你在另外幾座

應該彼此遺忘
應該佯作冷漠，應該
在層疊的維度中
化身鬼魅、幻影、傳說；
學習不同振動的語言
著迷無窮造化的藍圖
以異質的假設與學說去詮釋。
然而，我還是認出你
在聲音之外、接觸之外
形式與律法
生生世世之外

早先就認識了
當蛇咬著尾
土幻想金
水生著木，引著火
植物的系譜還在構思
進化的衝動仍沉浸於夢時

某個世界
主教堂的大水池前，光的管風琴觸擊著
我們一同仰受
靈之雨，水的太陽
肩上髮上
漾著細緻銀色的描花水紋

雨絲風片，吹成一片一片的薄冰
近身則融
水霧披散成一匹匹明亮的紗
垂幕間，清泉四濺的廣場上
久久地站著
在彼此的光中閃耀

風色變幻，一陣脆亮的淋漓
顯化的法則如煙消散
移影過後
殘餘的吉光片羽
留在手裡、心裡
就成我們
分傳至不同時空的信仰

我高興
在沉思裡認出你
那樣熟稔，驚喜
像泉水在星星上發現泉水
燈與燈，沙沙走入深暗的國度
在火焰起源的陸地
欣然相逢

當神話遇見證據
月亮填滿太陽
偶數覆蓋奇數，遠古遇見未來
我們的愛
純淨強大，輕盈靈敏

憑著心底的心，眼睛之外的眼睛
像彈響
造物的豎琴上
相鄰的絃

認出你的剎那
一切那樣豐盈光燦，厚實無畏
流轉充溢
從空間氾濫到時間
傾挹了每一座幾何
注滿每一所屋宇
每一處房頂和地板

瞬亮我們
分離寡居的心靈

後記

這本書，是過往記憶、心路曲折，乃至自己情感依歸、生命探索的第二次集結。

人世間，因緣流轉何等迅捷，《海生月》中諸稿畢集，大約已是一年半以前的事，所錄詩篇有些還是學生時代的手筆。這些日子以來，我的生命景況再度移轉遷徙，脫枝換葉、別開蹊徑，絃上鶯唱，已非昔日熟悉音語。此下種種牽繫、感悟之事，箇中況味，竟又與彼時滄海桑田，恍若隔世。

正因如此，這本書的付梓，為我帶來的，是將過往心跡一一重蹈、覆案的機會：或者熟悉，或者哂然，更有欣喜、寬慰、傷感、陌異……點點滴滴，唯獨最令我心安理得之處，在其中毫無後悔憾惜之情。

要感謝的對象只有更多，無條件支持我的家人、予我萬般寵溺疼愛的長輩；總在浮生起落中相互聆聽、打氣的好友，桂花姐同心靈工坊的所有出版夥伴……特別是百忙中撥冗為我寫序的方瑜老師、陳樂融老師，及將「海上生明月」數言揮灑得酣暢淋漓的銘琪老師——是你們，賦予這本書自己的道途與生命。

更衷心感謝一路以來，所有親愛的師長朋儕。謝謝你們在生命過程中提攜我、容忍我、瞭解我，以慷慨和慈悲扶助我，允許一名天真女子過於奇異的任性，並給予豐沃無比的心靈養分。

是你們讓我活得像自己，教我懂得施捨與愛。

願海上，永有皎然明月冉冉而生；願我們心中的月，永遠莫失莫忘、瑩然純淨。

願世上所有的因緣，天涯海角，終有歸宿。

甲午年驚蟄，於台北

PeotryNow 010

海生月

陳依文詩集

作者—陳依文

出版者—心靈工坊文化事業股份有限公司
發行人—王浩威　總編輯—王桂花
執行編輯—趙士尊
書法—盧銘琪
通訊地址—10684台北市大安區信義路四段53巷8號2樓
郵政劃撥—19546215　戶名—心靈工坊文化事業股份有限公司
電話—02）2702-9186　傳真—02）2702-9286
Email—service@psygarden.com.tw　網址—www.psygarden.com.tw

製版・印刷—彩峰造藝印像股份有限公司
總經銷—大和書報圖書股份有限公司
電話—02）8990-2588　傳真—02）2990-1658
通訊地址—248新北市新莊區五工五路二號
初版一刷—2014年3月　ISBN—978-986-6112-98-0　定價—340元

國家圖書館出版品預行編目資料

海生月——陳依文詩集／
陳依文 ／作.
-- 初版. -- 台北市：心靈工坊文化，2014.03　面；公分. --（PN；010）

ISBN 978-986-6112-98-0（平裝）

851.486　103003590